AF482894

EDIÇÕES

# CRÉDITOS

Edição: Eriberto Henrique
Organização: Eriberto Henrique e Julliane Santos
Revisão: Dos próprios autores
Capa: Eriberto Henrique
Diagramação: Eriberto Henrique

Título: Fique Em Casa Coletânea De Contos
Vários Autores
ISBN: 978-65-991001-3-0
Copyright © EHS EDIÇÕES, Jaboatão dos Guararapes-PE. 2020.

Coletânea de Contos

1ª Edição 2020

# Organização
# Julliane & Eriberto

EHS Edições

5

# APRESENTAÇÃO

Temos o prazer de trazer ao leitor a nossa nova coletânea de contos de terror/suspense, Fique Em Casa. Com autores de todas as regiões do Brasil, e contos com abordagens diversas, que vão de investigações criminais, a intervenção de espíritos e demônios.

Sem mais palavras, desbrave cada conto dessa coletânea sombria.

# ÍNDICE

EHS Edições

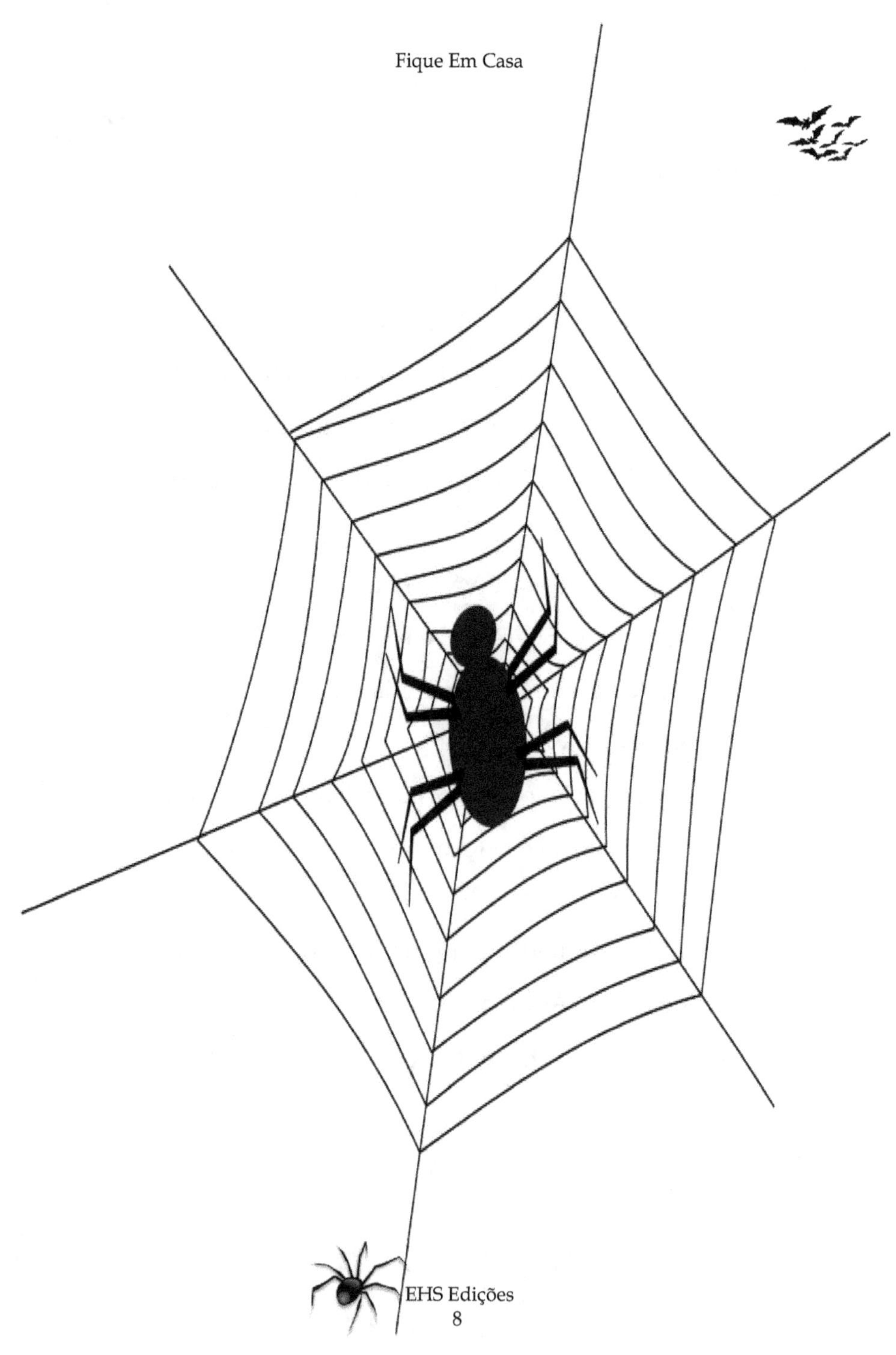

# O RETRATO NA PAREDE

Por Cristiano Marques Rosa

Emília de Castro acabara de ser contratada como governanta da casa de Vladmir, este fora um sucedido empreendedor no ramo da perfumaria, buscava pelos mais peculiares odores para misturar fragrâncias doces e profundas perfeitamente balanceadas numa amalgama de aroma penetrante, com uma gotinha, de sabor mel e uma singela mistura de óleos tropicais.

Vladmir sempre tivera um ar frio e áspero, seu nariz arrebitado possuía a capacidade de distinguir com exatidão cada um dos cheiros que se aproximavam mais de um metro do seu faro. Viajava muito para fazer negócios fora do país para sua marca de perfumes, por isso a necessidade de contratar uma governanta, após o ocorrido com sua jovem esposa.

Emília prontamente aceitou o trabalho assim que fora recomendada a Vladmir, com o salário ela poderia muito bem enviar dinheiro

a sua mãe e com uns seis meses compraria um sobrado num bairro qualquer da baixada fluminense. Ela tinha acabado de soltar as malas gordas da viagem, com tantas trouxas de roupa que pareciam um vulcão prestes a explodir lançando todas aquelas cobertas e blusas claras, permanecendo presas somente por pequenos botões e um zíper defeituoso de latão.

— Você é a moça que vai cuidar de mim...?

A vozinha feminina e infantil perguntou a ela. Era ruiva, tinha sardas, nariz pequeno afilado e prendia seu cabelo em duas tranças curtas, o vestido azul estava bem-passado e tinha o mesmo tom de uma piscina.

— Sim, querida. — Emília a respondeu, depois se ajoelhou pertinho da menina, — Você é a Isabela, não é? — Sorriu gentilmente enquanto olhava os olhos verdinhos da garota.

Isabela era uma doce menina, nunca respondia as ordens de Emília, escovava os dentes no horário que seu ríspido pai ordenara, nem mesmo comia doces e era uma aluna acima da média na sua escola. Somente um fato conseguia perturbar Emília, um retrato que

fora pendurado na casa um pouco antes da morte de Melissa. A mulher no retrato era igualzinha à Isabela, cabelos ruivos e sedosos, com algumas sardinhas e os olhos de esmeralda, na foto ela estava com um colar de prata reluzente e vestido verde-água.

Certas vezes, atarefada, passando pelos corredores, Emília, tinha a impressão de que a garota falava com o retrato, mas nunca dissera nada, pensava em como fora pesada a perca prematura da sua mãe. Em um dia desses, varrendo e passando roupa, pois, era a única quem cuidava de tais serviços, os outros empregados eram um jardineiro, que pouco vira, somente tratava das tulipas, podava a grama e verificava o estado das rosas. O outro contratado era Estevão, um contador, por natureza "mão de vaca" segundo Emília, que nunca o vira abrir a mão um pouco nem para dar tchau a Isabela, que também não parecia dar-se bem com o empregado de seu pai. Além de Emília, a única outra mulher que visitara a casa da família que não tivera o mesmo sobrenome, era a professora particular, esta era rechonchuda e tinha uma listra branca no

cabelo que parecia um gambá, não lhe ajudando a fisionomia o fato de ter dentes pontudos serrados, indo um de encontro ao outro.

Emília deu de cara com Isabela conversando rosto-a-rosto com o retrato, a espantou o fato da menina soltar gordas lágrimas de seus olhos, era como se ela abrisse somente seu coração ao retrato que estava pregado mais de um metro e meio do chão. Isabela precisou subir uma cadeira de madeira para alcança-lo. Encobriu o corpo pequeno da menina com um abraço, estava nervosa, não se sentia confortável adentrando num espaço tão íntimo da garota, afinal, não passava de uma empregada naquele casarão, pensou consigo mesma, que falta de coração tinha o pai da garota por não ficar presente, somente encontrar outra figura feminina para cuidar da criança.

Passados alguns dias, ela e a menina se aproximavam pouco a pouco, a cena no corredor fora significativa para às duas, um laço sentimental parecido com os de uma mãe e sua filha, quem não gostara nada desse

achegamento fora Vladmir, retornou de França num voo tranquilo folheando alguns romances britânicos para afiar o seu inglês já bem mais do que razoável.

Vladmir não gostava de achegamentos, e seu fiel fofoqueiro, o contador, assim que viera repassar os balanços mensais para o chefe, contou-lhe todas as notícias sobre a governanta ficar tão próxima de sua filha. Ele fora ver os jardins, gostava de refletir sentindo o aroma das flores bem aparadas por Genésio, o jardineiro. Um vento estival arrastou para suas narinas o cheiro tão querido, quem sabe por um milésimo de segundo seu coração tenha apertado por ser um pai tão ausente, ao menos era o que Emília esperava enquanto observava da varanda larga do casarão. Ele olhou a cima com sua expressão de tormenta, Emília sentira seu espírito sendo massacrado por mil agulhas e seu corpo sendo consumido por tal sensação estranha que era a de olhar para aquele homem diretamente.

Depois que tomara seu duro sermão, Emília, estava de volta ao seu lugar de somente uma empregada que deve prover o que for

necessário à saúde do lar e nada mais, após isso, nunca mais comentou a respeito da morte de Melissa, ou deu seus abraços apertados em Isabela, se afastou... mas ainda via a menina chorar enquanto conversava com o retrato na parede, e essa cena se tornara cada vez mais melancólica e sombria, ao ponto que Emília sempre se sentiria perseguida por olhos invisíveis naquele corredor.

A governanta tinha o costume de acordar bem cedo, pouco passara das cinco horas da manhã e ela já se preparava para cuidar do café da manhã de Isabela, tirar o pó da casa, abrir as janelas e claro, conferir se Isabela já tinha se arrumado e escovado os dentes para a escola. Quando passou pelo corredor que lhe afligia o peito, notou a falta do objeto que lhe causava cada vez mais pavor. Os passos de Emília ficaram mais largos e rápidos, não encontrou ninguém no quarto, estava apavorada por não encontrar a doce menininha.

Verificara cômodo a cômodo em busca da menina sem que Genésio tivesse chegado, ou Estevão, e nada de encontrar a garota. Foi então, que Emília chegou à "Sala roxa",

Vladmir nomeou assim pelo divã roxo de largas almofadas, o cômodo afastado de forma octogonal tinha diversos retratos pendurados, mas nenhum deles tinha um rosto. Ao centro, um cavalete, Isabela estava pintando, ela nunca vira a menina demonstrar tal talento artístico, seu coração tinha aliviado, afinal... tinha finalmente encontrado Isabela, porém deveria se manter séria e distante.

— Vamos, Isabela. Você precisa ir para a escola.

Ela não respondeu, apenas continuou a pintar, Emília puxou o ombro da garota o que revelou ser uma representação da governanta, mesmo que mais bonita e juvenil. Olhou em volta, e num dos retratos sem rosto se formara um retrato no mesmo formato pintado pela menininha.

O terror tomara conta de Emília devido o surrealismo do acontecimento, soltara um suspiro tão pesado quanto o aço, o tom de sua pele era alvo, a ponto de quase se tornar visível o espanto, o sangue borbulhara a ponto de parecer estar prestes a fugir pelos seus poros. Virou e deu de cara com o homem que lhe dera

tanto pavor quanto o acontecimento, os dedos de Emília estavam formigando e seus olhos disparavam de um lado ao outro em busca de uma porta, uma fenda, um buraco, qualquer coisa para onde pudesse correr e fugir daquele lugar pavoroso. Pela primeira vez Vladmir, sorrira, mas não era um sorriso generoso e bondoso e sim um malicioso e felino.

Emília estava imóvel com o impacto assustador que aquele cômodo causara em seu corpo, Vladmir aproximara sua mão do pescoço frágil e fino, ele apalpara o formato delicado daquele rosto e com sutileza aproximara seu nariz para sentir o cheiro, um perfume embriagador e atraente, de uma beleza irresistível, ela tinha adormecido dentro daquele corpo tal fragrância. O rosto pálido de Emília estava prestes a ser concluído por Isabela, então Vladmir achegou suas presas do pescoço nu e fincou seus dentes na governanta.

Ela olhara para trás, Isabela sorrindo de forma maliciosa, seus olhos brilharam em carmesim e sua aparência pouco a pouco se

transformara para o mais próximo da aparência da governanta, pensara que talvez Melissa fosse apenas fabricação das mentes psicóticas de Vladmir e Isabela, sabe-se lá se este era mesmo o nome de tais monstruosidades, fora naquele dia mais tarde que Emília se tornara mais um retrato na parede do casarão.

# O ESCRITOR DAS TREVAS

Por Elaine Santos Corrêa

Chovia muito naquela noite, a trilha do bosque estava encharcada e o caminho que levava até a cabana era perigoso. Quando o casal decidiu passar uma temporada naquele lugar, imaginava que poderia ser assustador e até mesmo sinistro. O bosque era sombrio, árvores velhas rangendo, sempre uma neblina fria, muita umidade e cheiro de natureza morta, mas esse era o cenário que o casal procurava, amantes e escritores, inspirados para juntos escreverem uma história de terror e suspense, com pinceladas de romance policial. A primeira noite na cabana também seria a última. Não foi uma noite longa, ao entardecer a neblina era forte o suficiente para apagar qualquer resquício de que além da cabana haveria algo mais. E não havia. O bosque, o ranger das árvores velhas, o cheiro de natureza morta era tudo parte de um cenário macabro arquitetado pelas forças do submundo. As forças tomaram forma e no corpo do casal iniciou o entalhe da introdução de uma história de terror e suspense com pinceladas de romance policial, a mais macabra e sangrenta que um escritor no auge de sua criatividade seria capaz de escrever. Farpas pontiagudas de madeira soltas do assoalho, essa foi a ferramenta que o escritor das trevas usou para esculpir nos corpos sua narrativa atroz, entranhada na pele do casal sua representação mental, quimérica e nefasta ronda infernal, dando vida e morte à sua obra mestra. No sangue borbulhante a trama cruel e assassina germina, entre talhos e esfolamentos, urros de pavor e dor, e na alma das vítimas a clareza da morte iminente. Após cada gota de sangue ter seu correspondente alfabético cinzelado, a história macabra se alastrava ardente nos corpos dilacerados. Vida e morte são comparsas agora, a vida no enredo cravado e a morte nos corpos atormentados. E nesse contexto abre-se um limiar, é nessa fronteira que o casal permanecerá até que arremate a história funesta. O escritor das trevas deixou intencionalmente a sua atuação imperfeita, é o seu presente para o casal de escritores que

agora caminha em terras sombrias, e como martírio deverá dar origem a um desfecho tão surpreendente e realista quanto foi a introdução da narrativa. Tão somente o mestre das trevas concordar com o final da sua obra prima é que os escritores condenados serão agraciados com a sua independência espiritual, e ainda receberão uma oferta de contrato com o além. Poderão aceitar ou recusar. Que tal retornar à vida com os direitos autorais para publicar a obra com garantia de sucesso e riqueza? Mas, em contrapartida o escritor das trevas será o proprietário eterno dos direitos corporais do casal, ele é ambicioso e planeja outras obras que ainda serão de grande sucesso.

# DIA DE ESPANTO

Por Elisio Vieira de Faria

Quando se pensava ter visto tudo na pequena e pacata cidade, algo de inusitado tirou o sossego da aguerrida gente do lugar.

A vida seguia o seu curso. Homens seguiam para o trabalho, mulheres do lar, muitas vezes marcavam seus encontros, encostadas nas cercas de balaústres para a conversação diária, crianças na escola, quando de volta, nas ruas, no brincar, na peraltice infantil.

Nada tirava o conforto dos concidadãos, afora o período eleitoral. A luta tigres versus crocodilos balançavam até mesmo o pé da roseira e a figueira centenária plantada no trevo do lugarejo.

Além da praça da matriz com o coreto e do Jardim central onde a vida passava mais lenta ainda, o movimento do cemitério local, marcava compasso nos enterros e nos dias de finados. E só.

Apesar de tudo isso, a cidade tinha lá os seus personagens atrativos: Cafuringa, o andarilho. Ele caminhava com um saco nas costas, para onde o vento o levasse. Não fazia mal a ninguém. As crianças, vez ou outra, buliam com ele e se divertiam com as broncas recebidas. "Primeira Marcha", o pobre homem claudicante a seguir pelas ruas sempre a sorrir e a bendizer. A alcunha veio da associação com o câmbio do Fusca Volkswagen, para toda e qualquer arrancada. E, finalmente, dentre os destaques, Calu, a profetisa a anunciar a chegada do mal, a qualquer instante.

E o povo todo se ria e a vida seguia sem temores. Assim era a rotina da intrépida gente de São João da Ponte, um lugar esquecido do mundo naquele longínquo tempo de meados dos anos sessenta do século vinte.

Calu continuava a profecia. Aos "não ligo" escutados, dizia: - quem tem ouvidos, lave-os para ouvir melhor e se "aprepare" esse ano o mal chegará.

Enquanto o mal dormia, o padre casava, benzia, dava extrema-unção, rezava a missa, aconselhava, visitava os fiéis, os tementes a

Deus, sempre procurando alcançar mais ovelhas ao rebanho.

Por seu lado os missionários evangélicos abriam as vozes em cultos ao ar livre e faziam explodir a esperança de vida eterna, onde mal algum tocaria os cristãos.

À porta da matriz, às voltas dos cultos e pregações ao ar livre, estava ali, atenta, vigilante, discurso na ponta da língua: - cuidado com os enganadores, o mal não avisa, eu sim, ele vai acontecer!

E entre missas, cultos, músicas tocadas na praça central, com o "voltear" das moças enquanto os rapazes ficavam nos bancos a olhar a beleza circular, o serviço de Alto Falantes fazia reclames, notas fúnebres, homenagens aos aniversariantes: São João vivia seus dias.

Um dado tempo, a população percebeu uma mudança no comportamento de Calu. Deixou os seus trajes de profetiza, todo floral, sarapintado de vermelho, amarelo e azul e adotou andrajos pretos, incluindo um véu da mesma cor, deixando à mostra apenas o rosto fissurado pelas marcas do tempo.

E pôs-se a gritar mais do que aconselhar: - é chegado o tempo do mal, cuidado povo de São João. O cão não poupa ninguém. E o povo, alheio às recomendações e à aparente maluquice, continuava a escarnecer a pobre mulher em seus devaneios de vidente.

E não é que o inesperado das proféticas doidices de Calu deu as caras?

Sim, assim como o ditado "não há bem que sempre dure, nem mal que nunca se acabe", esse terror chegou para assombrar a população de São João da Ponte de forma a descompensar a destemida gente da boa terra.

Era uma sexta-feira, não treze, daquelas desejadas para embalar a vida no compasso de quanto mais sossegada, melhor. Ledo engano! Por volta das oito horas da manhã, à luz do dia invernal de junho, uma notícia chegou ao gabinete do mandatário da cidade, digno representante dos crocodilos, à frente da municipalidade.

- Prefeito, pelo amor de Deus! Estamos porcos! É o fim do mundo, chama a força pública, o padre, os missionários, o delegado!

Era o coveiro, ofegante a anunciar que brotavam carnes aos borbotões em vários túmulos.

O prefeito, não fora o seu coro duro, teria tido um infarto fulminante.

E, desprovidos de coragem, os que foram achados para a luta sanguinolenta, dirigiram-se ao campo santo: naquele dia, campo minado, coalhado de carne e sangue escorrido.

De repente, todos estavam unidos à porta da necrópole. O prefeito, o padre, os missionários, o coveiro, as beatas, os curiosos, abraçados em espírito de clamor para suportar a maldição.

De lado, no alto do muro do cemitério, andava e gritava Calu:

- Eu avisei, eu preguei, eu anunciei seus miseráveis! Eis o sinal dos tempos! A morte vive no campo santo!

E continuou a rogar suas proféticas palavras com agressão por não a terem levado a sério no tempo de esperança. E aos berros, bradava:

- Vai prefeito, vai coveiro, vai padre, vai missionário! Quero ver pregar aos mortos vivos!

Ninguém se atreveu a ouvir a louca do lugar naquele momento de desespero. Seus gritos eram tantos a ponto de bloquear qualquer raciocínio na tomada de decisão. E é claro, muitos se borraram pelo medo que os assombravam.

O destemido coveiro resolveu enfrentar as carnes vivas brotadas onde a morte deveria estar. Não foi tão fácil conter o choro das beatas, os desmaios de muitos, a arrancar de cabelos doutros e as lágrimas em profusão vertidas num pranto coletivo.

O coveiro foi. O que viu o deixou em êxtase. Era um volume de carne, em sangue vivo, estendidos sobre diversos dos túmulos. E, como foi, voltou e anunciou a tragédia aos conterrâneos: - a coisa é feia, povo de São João.
- Eu lido com a morte, faço autópsias, já vi muitas coisas, continuou, enquanto Calu, em delírios, gritava a sua ira contra os moradores da cidade.

Formou-se uma comitiva de peso e de coragem. Abraçados, o clero e os missionários, seguidos do Prefeito e o Delegado, partiram necrópole adentro. E chegaram, e viram e se horrorizaram.

Embatucados, não se ouvia um pio, nem um gemer. De vez em quando um pingo de sangue chorava no chão ao escorrer da gota temporalizada. As carnes já apodreciam onde jaziam.

Sem aviso algum, pelo muro, bem diante da cena, sem o véu na cabeça, Calu se ria, gargalhava e dizia:

- O dia chegou! O mal não tem hora, ele vem, sempre vem.

- Aprendam!

E, com um grito lancinante, saltou muro abaixo, e sumiu daquele cenário de medo, de espanto, retrato aberto de uma carnificina ali jamais visto.

Ao modo local, sem explicações, foram removidas e enterradas as carnes que, escancaradas, ocupavam indevidamente grande parte de jazigos, túmulos e covas.

Ao final do dia, uma nota oficial, suavizou o medo e o espanto de São João da Ponte: um avião cargueiro, transportador de carne animal de um frigorífico da região, com excesso de peso, desovou o excedente e aquele caiu onde menos se esperava.

# CRIMES EM UM BANHEIRO SUJO

Por Genival Silva de Souza

O relógio na parede mostrava que já passava das 21h, o silêncio daquela noite me angustiava. A luz fraca do poste que ficava em frente à janela do consultório, de certa forma me incomodava. Já pronto para deixar as atividades da noite, arrumei a maleta com meus acessórios. No momento em que me dirigi ao interruptor e apaguei a luz, um vulto apareceu pela fresta da porta... escutei um choro de nariz ranhento e, geralmente esses casos são os mais irritantes, os quais tenho mais facilidades de resolver.

Recordei-me dos casos da semana passada... Abri a porta e, prostrado em minha frente estava um jovem de cabelos bagunçados, olhos tão arregalados que eram como se gritassem por uma solução. Falou-me sobre sua amada e antes mesmo que concluísse o assunto, já havia analisado sua postura corporal e seu tom de voz. Era inegável seu desespero, assim como o de tantos outros que me procuraram na semana passada, durante o mês e até os do começo desse mesmo ano.

Já nem prestava mais atenção na história que já se prolongava e de certa forma eu já conhecia o final. Resumindo, uma garota jovem que havia saído para uma social com os amigos e desapareceu depois de ir ao banheiro. São as vítimas mais fáceis, pelo nível de embriaguez são facilmente corrompíveis e suscetíveis à lascívia em um hotelzinho qualquer de beira de estrada. Após passar tal informação ao rapaz, ligamos para a polícia...

A informação era certeira, mais um caso havia sido resolvido e, com lágrimas a cair, agradeceu-me com seu nariz ranhento. Após o rapaz se retirar, dei uma última olhada pela janela e, ainda sentia aquele silêncio angustiante, respirei fundo e sai para contemplar a "beleza" de um decrépito banheiro de bar.

# SERVIÇOS FÚNEBRES

Por Gisele Wommer

Ana estava em casa há dias, de quarentena, louca de medo do vírus que matava. A rua onde morava não era movimentada, mas ela não se lembrava daquela pasmaceira nem mesmo nos domingos. Era triste. Aquela não era a sua rotina, tampouco sua vida.

Certa tarde, um homem bateu em sua porta, vestindo roupas brancas e máscara, ele se identificou como agente do posto de saúde, mostrou o crachá. O homem ia falando tranquilamente que faria uma testagem, enquanto tirava os itens da bolsa. Ana estranhou a forma atrapalhada como ele pegou o aparelho para a coleta do sangue, o êmbolo estava puxado, mas não parecia ter nada dentro da seringa. Assim que sentiu a picada da agulha, uma ardência percorreu sua veia. Ela arregalou os olhos, aconteceu muito rápido.

Dois dias depois, o policial Maurício Stevan Bica compareceu à casa de Ana, apesar

de ninguém ver crime algum. Era normal um idoso morrer em casa, sozinho. As notícias da pandemia na televisão e o afastamento das famílias não estavam fazendo bem às pessoas. Mas aquela era uma cidade pequena, praticamente todo mundo se conhecia, e Ana era o terceiro corpo naquela semana. O terceiro idoso que simplesmente morria sentado, sozinho, dentro da própria casa. O faro aguçado de Maurício notou coisa errada no ar e coisa grave.

Enquanto a funerária removia o corpo, Maurício ligou para o setor de perícias e falou com o médico legista, amigo de longa data, pedindo uma análise minuciosa do corpo.

Todas as vítimas já apresentavam algum problema de saúde e nenhum colega da polícia acreditava em crime. Portanto, vítimas não existiam. Era só atestar causas naturais e pronto, não haveria problemas. Mas uma ligação do legista fez o policial acreditar em sua suspeita.

— Maurício, Ana tinha marca de agulha no braço direito, mas nenhuma substância foi encontrada no organismo. A causa da morte

não foi uma simples parada cardíaca, mas sim embolia gasosa, quer dizer que havia ar em sua corrente sanguínea e quando ele chegou ao coração obstruiu o fluxo, causando a morte. Vários fatores causam embolia gasosa, pode ser criminoso, eu apostaria que alguém injetou ar nas veias.

Mesmo ainda não convencidos, os policias teriam que investigar, conversaram com as famílias. Como previsto, não deu em nada. Não havia embasamento para o caso, não havia se quer um caso. Além da marca de seringa, o legista não encontrou nada nos corpos e a perícia nem mesmo uma digital parcial nas casas.

Mais uma vez, Maurício se preparava para não ser Moisés e tentar abrir sozinho o Mar Vermelho, quando aconteceu novamente e desta vez havia uma testemunha.

— Veio aqui um homem – contou uma senhora – devia ter uns cinquenta anos, usava máscara e uniforme de enfermeiro. Ele tinha um crachá com o nome de Saulo Amaral. Disse que era da prefeitura e que estava testando a população nas casas, tirou sangue do Augusto, ele se

sentiu tonto e foi deitar. Eu mandei o homem embora, mas ele insistiu muito em fazer o exame em mim também, insistiu demais, então ameacei gritar e chamar a vizinha, assim, ele foi embora, mas o Augusto já estava morto.

Como Maurício imaginou ela não podia ajudar muito, o homem usava máscara e uma touca, ela não viu mais do que sobrancelhas escuras, olhos castanhos, estatura mediana, barriga grande. A descrição de mais da metade dos homens da cidade, quiçá do país inteiro.

Desta vez a polícia tinha um caso. Quatro mortes, um assassino em série, o sonho de muitos policiais é capturar um antes de aposentar. Na cabeça da equipe já se passava uma infância cruel, um pai violento, uma mãe omissa, um menino que matava animais, Maurício não via as coisas desse jeito, ele tinha uma suspeita, infundada, mas assim era aquele caso inteiro, até poucos dias atrás.

Como previsto, a prefeitura não mandou nenhum técnico visitar as casas das pessoas e não estavam fazendo exame algum. Maurício quase implorou para que não divulgassem a

notícia, avisar inibiria a atividade e como não tinham pista alguma, o sujeito estava prestes a sair ileso. O delegado regional deu ao policial 24 horas, deixando claro que não teria nenhum minuto a mais antes dele ir para a mídia e escrachar o caso, pela segurança da população idosa.

A investigação sobre Saulo Amaral também andou. De fato, fora funcionário da secretaria municipal de saúde, mas estava morto há mais de um ano e a família havia doado todos os seus pertences, era possível que o crachá tivesse sido doado por engano.

Maurício se escorou em um poste na esquina do pequeno hospital da cidade. Acendeu um cigarro, um hábito que estava tentando largar, e torceu para que as suas 24 horas bastassem. Rezaria se acreditasse em Deus. No fim não precisou gastar nem metade do seu tempo.

Assim que Horácio Peres fechou a porta da funerária e se encaminhou para a calçada com sua maleta, a roupa branca e o crachá de Saulo Amaral, Maurício deu alguns passos

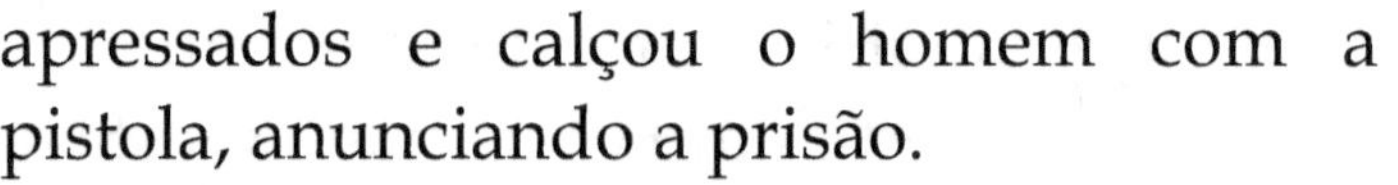

apressados e calçou o homem com a pistola, anunciando a prisão.

— Eu não sou um criminoso, essas pessoas já iam morrer.

— Onde o senhor arrumou este crachá? – Maurício apontou para o peito do homem.

— Veio junto com o corpo, em um bolso. Guardei já tem um tempo.

— Por que? Eu quero entender.

— Quando começou essa notícia do vírus, aí eu praticamente dobrei as minhas encomendas de caixão. Só que os dias foram passando e não aparecia nenhum desgraçado com o vírus. Já faz quase um mês e ninguém morreu aqui na cidade, quem pegou se curou!

— Bem, isso devia ser bom!

— Olha, para o dono da funerária não é bom. Achei que ia tirar o pé da lama, que era uma oportunidade. Como faço para pagar os meus caixões se ninguém precisar deles?

— E matar foi a sua solução?

— Ah, não força! Essas pessoas já iam morrer, todos velhos, doentes e acabados.

— Mas não é o senhor quem define isso, não? Essas pessoas poderiam viver até mais do que

o senhor mesmo, que não é tão jovem. Sendo assim, nesta sua lógica, já escolheu o seu caixão? E como escolheu as vítimas?

O homem franziu o nariz em resposta, visivelmente irritado com aquele interrogatório.

— Observando, andando por aí. Dirigindo. Tem muito idoso, gente doente, sozinha em casa.

— É seu Horácio. O senhor se meteu em uma encrenca das grandes.

— Ou não, não é? Você está aqui conversando comigo, não chamou reforço. Quer a metade do lucro? Eu te dou! A propósito... como você me descobriu?

Maurício suspirou. Pegou o rádio e chamou os colegas. Em flagrante, ele disse, o homem havia sido preso em flagrante, ainda estava com o crachá pendurado no pescoço. O policial também avisou o delegado, agradeceu as 24 horas e disse que ele anunciasse o caso juntamente com a prisão, o que havia sido uma massagem no ego do chefe.

A pergunta de Horácio era fácil, alguém tinha que lucrar com as mortes e só poderia ser ele. Maurício pensou naquelas borracharias

que espalham pregos nas proximidades para furar os pneus dos veículos. O mesmo crime, salvas proporções e consequências. Com a quarentena, pouca gente na rua, Horácio se sentiu à vontade para sair e matar, talvez à vontade demais.

Fora montado um espetáculo circense proporcional ao tamanho da cidade, em frente à funerária. Quando Horácio foi conduzido para dentro da viatura, ele entrou gritando:

— Não sou assassino, só queria prestar os serviços fúnebres!

E o policial ficou pensando que estava convencido de que já havia visto de tudo na vida e acendeu outro cigarro. Amanhã tentaria parar.

Por algumas semanas o assassino foi mais famoso do que a pandemia por toda aquela região. Enquanto havia uma campanha de conscientização universal em prol da vida, as pessoas naquela pequena cidade tinham que driblar o vírus e o homem da funerária, pelo menos, um deles já havia sido contido.

# QUANDO VOCÊ VAI...

Por Hélio Sena

"**O**s gritos parecem vir das profundezas do inferno! ", gritou Lúcio, segurando a cabeça entre as mãos, os olhos esbugalhados, os pelos dos braços completamente eriçados.

Martinha quis abraçá-lo, mas ele a repeliu com a força de mil demônios, e a pobre se estatelou toda no assoalho, machucando a testa, que começou a sangrar.

Alucinado, Lúcio correu para a porta da rua e Martinha o viu desaparecer para os perigos da escuridão daquela sexta-feira maldita, não 13, mas 6 de abril, a pior de todas.

"Lúcio, por favor, não vá! ", gritou a moça, desfalecendo em seguida... ao mesmo tempo em que se via a caminhar por uma floresta tenebrosa, sozinha, na mais tenra idade...

...

Lúcio foi e nunca mais retornou. Martinha morreu esperando pelo marido. Quando ele se foi, ela tinha 18 anos. Viveu até os números inverterem a posição, com 81. ´

Desde aquela noite, falou muito pouco. Na adolescência, a filha única, Luciana, insistentemente procurava obter explicações para aquele passado obscuro de sua família, mas, aos poucos, foi deixando de procurar respostas, acatando o mistério das coisas, a tortura, a dor.

Quando a mãe morreu, Luciana encontrou, por acaso, umas anotações em uma velha caderneta, nas velharias do porão.

Eram anotações estranhas, tanto pelo teor quanto pela letra, que ia mudando, como se alguém tivesse começado a escrevê-las ainda criança, e continuado, com o passar dos anos, até a idade adulta.

Lá, estava escrito o seguinte:

1. Hoje é dia 6 de abril e completo sete anos, mas não estou feliz.

2. Acho que minha mãe não me ama, e meu pai é um bêbado que diz palavrão e cospe no chão da sala.

3. Uma amiga da minha mãe, que usa muitos anéis e brincos e roupas coloridas, disse para ela que sou filho de Lúcifer.

4. Essa amiga da minha mãe falou muitas outras coisas estranhas que eu não consigo compreender.

5. Desde que me lembro, ouço estas vozes; minha cabeça qualquer dia vai explodir.

6. Minha esposa é o grande amor da minha vida; o meu refúgio; quando estou com ela, as vozes não cessam, mas sussurram, apenas.

7. Temo por minha filha, pela herança maldita que, sem querer, posso legar para ela.

8. Qualquer noite dessas, eu... eu... eu vou...

Luciana leu aquilo tudo com o coração oprimido e as lágrimas escorrendo pela face. Aquela seria a letra de seu pai? Mas o que significavam tais palavras? As vozes? A

herança? E quem seria a mulher usando anéis e brincos e roupas coloridas?

Luciana guardou a caderneta, e nos dias subsequentes releu muitas vezes aquelas anotações, novamente à procura de uma pista para a compreensão do mistério que envolvia sua família e seu destino neste mundo desgraçado.

Um dia, saiu para o trabalho e esqueceu a caderneta na mesinha da sala. Desavisada, a emprega jogou-a fora junto com o lixo.

Luciana ficou furiosa e despediu a mulher. Desde então, não contratou mais ninguém para cuidar do pequeno apartamento onde morava.

A repartição pública onde ela trabalhava como arquivista ficava a apenas duas quadras do seu endereço. Às 11, Luciana saía do trabalho e retornava meio dia e meia. Nesse intervalo, esquentava a comida que ela mesma preparava, de manhãzinha, antes de sair, e via uma pouco do noticiário. Raramente tirava um cochilo.

Numa dessas vezes, teve um sonho esquisito.

Foi assim: viu-se com 11 anos de idade, correndo de pés descalços por uma linda floresta coberta de cedros e pés de pau-brasil. Logo atrás, vinham seus pais, de mãos dadas e sorridentes. De repente, a cena mudava de configuração. Via-se ainda menina a correr pela floresta, mas agora de mãos e pés sujos; seus pais haviam desaparecido, e estranhas vozes e gargalhadas estridentes saíam das árvores.

"Luciana, por favor, não vá! ", diziam algumas árvores; e outras falavam: "Pode ir, querida, pode ir... Por que não? "

Luciana despertou, ofegante, e saiu correndo para o trabalho.

Nunca mais aquele sonho se repetiu. Luciana tentou não pensar mais nele. Já tinha aflições e tormentos demais.

...

Luciana morreu aos 66 anos de idade, aposentada e só.

Morreu enquanto dormia. Era um sábado, 18 de março.

No dia seguinte, um decreto do governo intensificou as medidas de restrição, vedando o funcionamento de serviços não essenciais, por causa do vírus mortal que se alastrava pelo mundo afora...

Ao contrário da floresta tenebrosa dos antepassados de Luciana, onde, agora, reinava a mais absoluta paz.

# O SEGREDO DE JULIE BROUSSARD

Por James Gallagher Junior

**A**cordei no meio da noite aos insistentes toques do telefone. Meus pais haviam viajado naquela tarde juntamente com minha irmã. Eu trabalhava, portanto, não pude acompanhá-los. Por fim me levantei e fui atender aos chamados. No outro lado da linha, meu pai com uma voz trêmula, noticiou que haviam sofrido um acidente, o carro capotou, mas todos sobreviveram sofrendo apenas pequenas escoriações, com exceção da minha irmã que teve uma lesão grave na cabeça e está em coma. Eles estavam num hospital próximo e eu segui imediatamente para lá.

A pancada na cabeça da minha irmã ocasionou em uma rara sequela que induzia a um sono profundo, e como ela não corria risco, tampouco precisava de aparelhos para

respirar, pudemos levá-la para casa após três dias no hospital.

Minha irmã tinha dezessete anos, era apenas dois anos mais nova do que eu, era uma garota pacata e muito reservada, seu aspecto depressivo preocupava a todos em casa, embora fosse muito amada, ela parecia querer estar sempre distante de todos, inclusive dos belos rapazes que a cortejava.

Minha irmã permaneceu em seu quarto, se alimentando através de soro intravenoso. Sempre que podíamos, sentávamos ao lado da sua cama, segurávamos sua mão e conversávamos por alguns minutos, para que não se sentisse sozinha, e na esperança de que pudesse acordar do seu assíduo sono.

Certa noite, me revirando na cama, abri os olhos e tive a impressão de ver minha irmã passando pelo meu quarto. Me levantei rapidamente e a procurei pela casa antes de ir ao seu quarto. Por fim ela estava deitada, como sempre. Aproximei-me tocando em sua mão e chamando pelo seu nome, mas ao que parecia, ela continuava inerte. Naquela mesma noite, minha mãe havia sonhado com ela, disse que

minha irmã chorava muito com medo de ficar sozinha no escuro. Então passamos a deixar a luz do quarto dela acesa durante a noite.

Duas noites se passariam até que eu voltasse a ver minha irmã acordada, desta vez em meus sonhos, ou melhor, em um pesadelo no qual me fez acordar bruscamente assustada. Imaginando o pior, corri até seu quarto, e chegando lá vi meu pai lhe cobrindo, pedindo silêncio, dizendo que também havia sonhado com ela.

Com o passar dos dias, coisas estranhas ocorreram dentro de casa durante a madrugada, barulhos de panelas caindo, choros, portas batendo violentamente e, inúmeras, aparições da minha irmã perambulando pela casa.

Um médico foi chamado para analisar seu estado de saúde e, segundo ele, ela estava estável, embora a luxação em sua cabeça permaneça da mesma forma. Falou também que achava improvável ela estar se levantando no meio da noite, que tudo que presenciávamos não passava de meros reflexos

de momentos passados, onde temos a impressão de ver alguém fazendo coisas nas quais costumavam fazer, e isto é provocado por este sentimento de perda e medo, porém como em algumas vezes se tratava de interatividade com a pessoal avistada, poderia ser projeções astrais, na qual sua consciência pudesse está saindo do seu corpo, vivenciando a realidade à sua volta, podendo até mesmo visualizar o corpo físico adormecido.

Na minha opinião, aquela era a única explicação cabível para o que estava acontecendo. E levando aquele fato em consideração, procurei por inúmeros meios de me contatar com minha irmã, utilizei um tabuleiro Ouija, consultei médiuns, até passei noites em claro conversando com ela na esperança de obter algum contato, mas nada adiantou. Contudo, uma noite ela veio até mim. Eu estava dormindo quando ouvi ela me chamar, então abri os olhos e a vi parada de frente a minha cama, me encarando com um olhar assustado, pude perceber que era apenas um espectro, pois conseguia enxergar através dela. O ambiente estava estranhamente gélido.

Mencionei seu nome e perguntei o que estava acontecendo, de que forma eu poderia lhe ajudar, e ela foi se afastando lentamente até sair do quarto e tornou a olhar para mim como se quisesse que eu a seguisse, então me levantei e ela me levou até o quarto dos meus pais, apontou para o quadro na parede e depois para dentro do closet, depois foi desaparecendo até sumir de vista. De imediato segui até seu quarto onde notei sua respiração enfraquecida, então acordei meus pais e chamamos o médico da família para consultá-la. Ele constatou que seus órgãos estavam atrofiando e nada poderia ser feito ao menos que ela retornasse a tempo. Ficamos extremamente preocupados com o diagnóstico. Meus pais estavam sofrendo angustiosamente e vê-los daquela forma me causava um sofrimento ainda maior. Por outro lado, o clima entre meus pais não era dos melhores, desentendimentos e discussões, estava impactando no relacionamento deles como nunca havia ocorrido antes. Eu passava o dia trabalhando e só voltava para casa à noite. E refletindo sobre a última aparição da minha irmã, lembrei que havia um cofre atrás do

quadro que ela apontou, onde todos da família sabíamos da combinação para abri-lo. Nele havia documentos, dinheiro e uma arma antiga, porém, havia outro no closet que era de exclusivo acesso do meu pai onde nem mesmo a minha mãe sabia a combinação.

Tentei abrir aquele cofre com combinações de datas, e sem conseguir qualquer resultado, rezei ao lado da minha irmã pedindo que revelasse o que havia ali, e foi através de um sonho que ela me mostrou três dezenas nas quais acreditei ser a senha do cofre e, em plena madrugada, entrei no closet e com os números revelados, consegui abrir aquele cofre que continha em seu interior fitas VHS que poderiam revelar terríveis segredos. Levei todas comigo, e passei no quarto da minha irmã para agradecê-la pela combinação e avisar que havia conseguido pegar tudo que havia naquele cofre. Voltei para cama e acordei na manhã seguinte ouvindo os gritos da minha mãe. Minha irmã havia falecido. E aquilo revirou nossa instabilidade familiar de cabeça para baixo, fazendo meu pai sair de casa dias depois da perda de sua querida filha. Desolada,

minha sofrida mãe chorava dia e noite. E por mais que eu tentasse, não conseguia consolar sua dor.

Num dia livre de domingo, resolvi ver aquelas fitas VHS do meu pai, limpei o velho vídeo cassete e aproveitando que minha mãe dormia, assisti cenas da mais impura e asquerosa representatividade humana. Nos vídeos, gravações antigas e recentes do meu pai violando minha irmã desde sua infância até seus últimos dias de vida em coma. Aquilo explicou a razão pela qual muitas vezes o via saindo do quarto dela durante a madrugada ao longo de nossa infância e adolescência. O resultado de toda àquela covardia foi uma garota apática e problemática que escondia os mais repugnantes segredos. Atos bárbaros cometidos por aquele que mais confiávamos e amávamos. Minha irmã faleceu horas depois que tive acesso as fitas, talvez aquele tenha sido seu propósito de permanecer viva, ela lutou até seus últimos instantes para poder revelar o motivo de sua personalidade ser tão perturbada e triste. Só então pôde descansar em paz.

As fitas foram levadas para a polícia. Na interrogação minha mãe confessou ser cúmplice. Os policiais seguiram para o apartamento onde meu pai estava morando e lá o encontraram com os pulsos e a garganta cortada. Na parede da sala, escrito com sangue, havia a frase: Agora descanso em paz. O mais intrigante é que a polícia afirma não haver possibilidade do meu pai ter feito aquelas escrituras, pois seria impossível levando em consideração a forma que ele se matou e de fato a letra na parede não coincidia com a dele, pois tinha traços femininos. Minha mãe passou os restos dos seus dias em um hospital psiquiátrico, e eu passei a morar sozinha, convivendo em companhia do espírito vingativo da minha amada irmã Julie Broussard.

# NOITE INTERROMPIDA

Por Luís R. Krenke

Entrando no quarto em silêncio, a gata pulou suavemente em cima da cama, fitando Larissa com seus olhos felinos que enxergavam no escuro. Esfregando a cabeça no rosto da dona, a gata começou a miar alto para acordá-la no meio da noite.

Larissa, abrindo os olhos cansados depois de mais um dia dividindo seu tempo entre o trabalho *home office* e os cuidados ao filho pequeno, abraçou a gata siamesa em um misto de chateação e prazer, tanto por ter sido despertada quanto pela fofura de seus pelos cinzentos e amarelados.

— O que você quer, Tapioca? — Larissa perguntou para o animal, que havia trocado seus miados por um ronronar acalentador.

Nas outras ocasiões em que a gata teve aquele comportamento, sempre era questão de resolver a perturbação noturna com um pouco de comida fresca. Com preguiça, Larissa

EHS Edições

53

cutucou o marido com os cotovelos, que dormia ao seu lado na cama.

— Válter, acorda. — sussurrou Larissa. — É a sua vez de dar comida para a Tapioca.

Era sempre Válter que dava ração para a gata antes deles irem dormir — enquanto o sol não nascesse no dia seguinte, a tarefa ainda era dele.

Saltando da cama, Tapioca olhou para trás e miou, como se pedisse para ser seguida até seu pote de ração na cozinha.

— Anda, Válter. — Larissa falou, um pouco mais alto, para não arriscar acordar o pequeno Matheus que dormia no quarto oposto. Bem sabia ela que o garoto começou a ter dificuldades para dormir depois de seu pai ter permitido que ele assistisse um filme de terror dias atrás. Desde então, Matheus alegava ver os monstros daquele filme, que trocavam de corpos e tinham dentes afiados e um grande apetite.

Sacudindo o braço do marido, Larissa não conseguiu tirar nada dele a não ser alguns grunhidos sonolentos.

Vencendo a preguiça e percebendo que seria muito mais rápido alimentar a gata do que acordar o homem, Larissa levantou-se da cama. Para não pisar no chão frio, Larissa procurou as pantufas rosadas, encontrando somente um dos pés. Abaixando-se, esticou a mão para alcançar embaixo da cama, para onde a segunda peça do par era chutada ocasionalmente.

Tateando no chão, Larissa encontrou a pantufa de algodão até sentir algo mais fofo encostar em sua mão. Rapidamente, Larissa olhou sob a cama e sentiu um alívio ao encontrar os olhos brilhantes de Tapioca a encarando.

— Você me assustou, praga. — disse Larissa, fazendo carinho na cabeça da gata.

Com as duas pantufas nos pés, Larissa caminhou para fora do quarto, virando a cabeça para dar uma última olhada em Válter, que havia começado a roncar baixinho. Larissa seguiu a passos leves até a cozinha, que ficava à esquerda no corredor. Mais à frente ficava o quarto de Matheus, e Larissa torcia para que o

ronco de Válter não o despertasse. Na cozinha, Tapioca já a aguardava ao lado do pote.

— Como chegou aqui tão rápido? – Larissa perguntou baixinho. — Nem vi você passando por mim.

O pote de Tapioca estava vazio; era incomum que a gata limpasse o recipiente daquele jeito a não ser que estivesse com muita fome. Larissa pressupôs que Válter havia esquecido de colocar a ração naquela noite e Tapioca teve que se virar com o que havia sobrado de sua refeição da tarde. Do jeito que Larissa estava esgotada naquele dia, nem lembrou de verificar a comida do bichano, confiando que Válter realizaria sua tarefa.

Cansada e com sono, Larissa abriu o armário em busca do pacote de ração, mas não estava lá. Enquanto Tapioca esperava atentamente seu alimento, Larissa procurou a embalagem nos outros armários, encontrando por fim o saco roxo, vazio e rasgado, embaixo da mesa. Enquanto pensava em como o pacote foi parar ali, ainda mais naquele estado, Larissa sentiu vibrações atrás de si. Ao virar, deparou-

se com Válter, parado na entrada da cozinha, a observando de boca aberta.

— O que aconteceu com a ração, Válter? — Larissa questionou.

Seu marido não falou nada, mas deixou de ficar imóvel e saiu dali, indo em direção ao quarto de Matheus.

— Vai me dizer que virou sonâmbulo agora? — Larissa tratou de ir atrás do marido, mas quando virou a curva para persegui-lo, só encontrou a porta fechada do quarto de Matheus. Não teria dado tempo para Válter ir até o final do corredor, entrar e fechar a porta sem fazer barulho, e Larissa não tinha ouvido nada disso.

Voltando rapidamente ao próprio quarto, Larissa viu o marido embaixo das cobertas, ainda dormindo, mas sem roncar desta vez. Pensando que o acúmulo de trabalho, as obrigações diárias e o sono mal dormido a estavam fazendo ver coisas, desconsiderou aquela situação tenebrosa. Ela já estava ficando muito tempo em casa; talvez se saísse para bater as pernas um pouquinho, já aliviasse um pouco a sua mente sobrecarregada.

EHS Edições

O silêncio inquietante do quarto escuro foi quebrado por uma voz fina.

— Mamãe? — A voz de Matheus deixou Larissa alarmada. O garoto tinha vindo atrás dela, de dentro do seu quarto, provavelmente despertado pela comoção que a mãe tinha feito na cozinha e na perseguição àquela sua ilusão.

— Me desculpa, meu anjo. A mamãe já vai levar você pra cama pra dormir de novo. — disse Larissa enquanto o garoto esfregava os olhos e bocejava.

Pegando o menino pelas mãos, ela o conduziu até a cozinha, onde abriu a geladeira para encontrar algo para dar para Tapioca. Não havia mais muita comida, mas Larissa achou uma última fatia de presunto para entregar à gata. *Amanhã vou ter que mandar o Válter fazer as compras*, pensou Larissa, vendo em como a geladeira estava vazia.

Quando Larissa levou Matheus para o quarto, ela o acomodou sob as cobertas e fez questão de o garoto estar quentinho naquela noite fria.

— Mamãe, você pode ver se não tem monstros no quarto? — perguntou o garoto.

— Já conversamos sobre isso, filho. — respondeu a mãe — Monstros não existem.

— Por favor, só hoje, pela última vez, eu prometo!

Larissa não conseguia negar um pedido feito por aqueles olhos vibrantes. Andando pelo quarto, Larissa divertiu o filho quando, de forma teatral, abriu as portas do guarda-roupa, sacudiu as cortinas e, por fim, olhou embaixo da cama.

Ali embaixo, Larissa encontrou seu filho, seu filho verdadeiro, encolhido de medo e tremendo. O garoto emitiu as últimas palavras que Larissa ouviu em vida.

— Mamãe, tem alguém na minha cama!

# INSÔNIA

Por Max Brendeo

*O* sono sempre teve que lutar para me possuir. Ele lutou e me jogou em bolsões intermitentes de inconsciência. Nunca fui do tipo que relaxa no sono, sempre ficava tenso, ansioso. Meus sonhos eram confusos e fragmentados, nunca tendo qualquer importância ou significado aparente. Sonhos estressantes, eu assumi; mas sempre acordei da mesma maneira: tenso, incerto e com medo.

Meu psiquiatra sugeriu que era o quarto que me dava tantos problemas para dormir. Tentei o quarto de hóspedes, a lavanderia e, finalmente, em desespero, a banheira. Tudo o que resultou foram músculos doloridos e irritação.

Experimentei medicamentos de todas as cores, formas e dosagens. Cada comprimido que engoli parecia estar na boca do estômago, ineficaz. Eu temia que cada um deles estivesse empilhado ordenadamente em uma pilha,

esperando para se dissolver de uma vez, me quebrando por dentro. Destruindo-me.

Todas as noites era o mesmo ciclo: engolir pílulas para dormir, ir para a cama e ficar olhando para o despertador até que finalmente adormeci por algumas horas frágeis.

A mesma coisa. Toda noite.

Isso continuou monotonamente até que eu devo ter consumido uma farmácia com vários remédios para dormir. Eventualmente, comecei a procurar outra ajuda quando todos os comprimidos que ele prescreveu continuamente falhavam. Pesquisei online por medicamentos experimentais para tratar a insônia e encontrei um com o nome de Entomo. O site parecia legítimo, com comentários elogiando a eficácia do medicamento. Pedi as pílulas pretas brilhantes e esperei.

Nos quatro longos dias que demoraram para eles chegarem, não dormi nada e, à noite, enquanto o relógio contava os minutos da minha vida em números verdes brilhantes, chorei.

EHS Edições

Cada noite era pior do que a anterior em termos de alucinações, e na terceira noite ouvi coisas horríveis. Passos no corredor rangendo lentamente mais perto, criaturas correndo pelos cantos escuros do meu quarto e vozes e rostos saindo das paredes. Todo o tempo eu gritei e gritei até minha garganta doer.

Quando o sol finalmente nasceu, acabou.

Encharcado de suor e totalmente abalado, não me movi da cama até ouvir o entregador tocar a campainha. Eu pulei do meu quarto, correndo para a porta da frente. Eu arranquei o pacote do homem avidamente, rasgando-o assim que ele saiu. Lá estavam elas, minhas pílulas milagrosas. O alívio tomou conta de mim em ondas.

Esperei até a noite para tomar um, meu corpo inteiro zumbindo de excitação nervosa. Aceitei com alegria e me aconcheguei na cama, sentindo-me pesado e sedado depois de cerca de trinta minutos, adormeci em uma hora.

Na semana seguinte, me senti mais descansado do que em toda a minha vida,

embora minha garganta ainda estivesse dolorida. Achei que fosse por causa dos gritos na noite anterior à sua chegada.

Olhei para o frasco de comprimidos com amor enquanto digitava uma avaliação positiva no site da pílula. Sorrindo, clico em enviar. Hora de ir para a cama, pensei alegremente. Quando peguei meu copo d'água, acidentalmente derrubei a garrafa no chão, os comprimidos pretos brilhantes derramando-se no carpete. Xingando, me abaixei para pegá-los. Coloquei um na minha mão e comecei a juntar mais, quando minha palma começou a fazer cócegas. Franzindo a testa, eu olhei e vi a pílula se desdobrar em um pequeno inseto preto.

Tentei gritar, mas engasguei e deixei cair no chão. Uma a uma, o resto das pílulas começou a se desdobrar no mesmo inseto miserável. Eu engasguei, sentindo uma coceira subir minha garganta até que uma tosse violenta enviou outro inseto voando para fora. Eu tropecei para trás, minha cabeça bateu contra o chão de madeira, e eles enxamearam meu corpo, suas centenas de pernas rastejando

em cima de mim, me prendendo no que parecia ser lã branca. Lutei para ficar de pé, mas estava emaranhado, meus braços e pernas presos juntos pela teia de lã que eles estavam girando rapidamente ao meu redor. Lutar contra isso não fez nada além de me conter ainda mais. Eu me sentia pesado, a sensação familiar de sono subindo em mim.

Enquanto eles teciam o casulo branco felpudo sobre minha cabeça, envolvendo todo o meu corpo, eu sabia que nunca mais acordaria.

# SE NÃO SABE BRINCAR, NÃO BRINCA!

Por Nancy Scarlett-Hayalla

**H**avia uma garota da qual eu não me simpatizava e ela também não gostava de mim. Mas houve uma ocasião em que saímos do controle.

Ela chegou com um tipo invocação de espírito chamada O Desafio do Charlie Charlie, onde você desenha uma cruz em uma folha de papel e em cada espaço vazio, você escreve quatro possíveis respostas, "sim" e "não", põe duas canetas em cima da cruz e pergunta: "Charlie Charlie, você está aí? ". Depois, uma das canetas se move por conta própria, sinalizando a presença do garoto mexicano Charlie, que morreu e virou um espírito demoníaco.

A parti daí outras perguntas podem ser feitas a ele. É uma versão moderna da brincadeira do compasso ou tabuleiro Ouija. Pessoalmente não acredito muito nisso, apesar

EHS Edições

de achar o tema interessante. Mas vindo daquela desmiolada, era só falta do que fazer. No ano anterior, ela veio com a brincadeira do compasso, da qual brigamos. Primeiro porque era só ela que podia fazer o ritual, que os espíritos só atendiam o seu chamado. Só de pirraça, eu disse:

_ Deve ser porque você é uma peste!

É claro que depois dessa ela começou a usar aquele ritual contra mim e discutimos feio.

Segundo porque eu reparei que ela só fazia as perguntas de seu interesse e as respostas eram as que ela queria que fossem as certas. Um menino perguntou se ele seria aprovado. Segundo o compasso, a resposta foi "não" e ele parou de estudar. Fiz de tudo para convencê-lo de que era só um jogo. Infelizmente, o coitado repetiu de ano.

Dias depois, um grupo fazia a tal brincadeira. A garota ficou muito p. da vida, pois segundo ela, a comunicação com o além foi entregue somente a ela. Ela virou motivo de piada, inclusive da minha parte.

Só de graça, fizemos o jogo dela ficar contra ela. Fizemos a mesma coisa que ela fazia

com todos, perguntávamos algo e dávamos a resposta que queríamos. Mas uma vez brigamos e fomos parar na diretoria.

Agora ela veio com esse desafio de Charlie Charlie... tem gente que não tem o que fazer. Ela me desafiou e por pirraça, aceitei o seu desafio. Comecei com a clássica pergunta, depois perguntei se era ele mesmo ou algum demônio amiguinho dela. Todos ali deram risada.

_ Não é assim, eu começo!

_ Já comecei!

Nada do lápis se mexer.

_ Pelo jeito o seu amigo não está muito a fim de brincar hoje.

De repente o lápis começou a se mexer, apontando para o "sim" duas vezes. Entendi como "sim, eu estou aqui e sou eu mesmo".

Fiz várias perguntas e todos ali entraram no embalo. Eram tantas perguntas que o lápis não parava de girar, até que uma hora simplesmente parou!

Perguntaram se ele ainda estava ali. Nada. Comentaram:

_ Será que ele se aborreceu e foi embora?

De repente, o lápis fez algo muito estranho. Apontou para o "sim" e para o "não" ao mesmo tempo. Foi assustador!

_ Charlie Charlie... você ainda está aqui entre nós?

O lápis apontou para o "sim", como se estivesse com muita raiva.

_ Você se aborreceu com as nossas perguntas?

_ Realmente fizemos perguntas muito tolas.

Ele novamente apontou para o "sim". Aquilo deixou todos apavorados. Perguntamos onde ele estava naquele momento. E o lápis apontou em direção da janela. Fomos ver se ele estava lá mesmo. Mesmo apavorada, eu disse que não tinha ninguém lá fora...

Eu errei. Tinha mesmo alguém lá fora olhando para todos nós. Era ele!

De repente os vidros das janelas da sala se estilharam e voaram em nossa direção. Alguns ficaram gravemente feridos. Outros morreram na hora.

Corremos até a porta em busca de socorro. Estava trancada. Dois garotos tentaram abri-la. Deram azar, pois a porta abriu com tudo, os acertando em cheio. Um

outro garoto tentou passar por ela, mas na hora a porta se fechou!

Uma garota tentou derrubá-la com uma cadeira, mas na hora, a cadeira pareceu que ganhou vida própria e a derrubou. Aliás, a maioria dos móveis da sala também começaram a se mover sozinhos. Era um verdadeiro poltergeist!

Em meio daquele caos, vi a antipática no canto da sala se borrando de medo.

_ Você não entende de espíritos? Peça para ele parar com isso!

_ Eu não entendo nada disso, era só brincadeira!

Só não dei na cara dela porque já estava um caos e não havia necessidade de mais um. Realmente não se deve brincar com o que você não conhece!

# NÃO FIQUE EM CASA

Por Pedro Panhoca da Silva

**O** que vejo na televisão e na internet é sempre a mesma coisa: "fique em casa, o perigo ainda está lá fora", e suas variantes. Eu, que morro de medo de morrer, me desliguei de tudo o que é mídia, pois isso estava só aumentando a minha paranoia ao invés de me conscientizar.

Tudo piora quando tento metaforizar esse problema. Imagino esse vírus fatal como um pedófilo, minha casa como uma escola e eu, uma criança inocente. Nessa ficção estranha que criei, minha família é a minha própria família mesmo. São os únicos que eu confio. Só que dessa escola eu não saio, e algum parente ou responsável é que precisa vir aqui ficar comigo.

Até que tenho aguentado bem esses tempos de isolamento apesar de tudo. Meu marido, Renan, viajou a trabalho e levou nosso filho, Ícaro, pois ficará um bom tempo no exterior. Decidimos que essa era a melhor

época para o Ícaro realizar um intercâmbio também. Sem mais companhia nenhuma, resolvi fazer um amigo novo. Aprendi com minha mãe a trabalhar com *patchwork* e criei um bonequinho de tecido para mim. Gabriel seria seu nome. Ele toma café da manhã comigo, fica ao meu lado o tempo todo enquanto trabalho em *home office* e me faz companhia para dormir. Um dia resolvi dar um "banho" nele e num par de chinelos meus, e os deixei secando ao sol. Spike, meu cachorro, não se interessa por chinelos mais, mas achou que Gabriel era um brinquedo novo e o destruiu. Claro, meu pet já é velhinho para entender essas coisas, e já está muito doente. Jurei não bater mais nele como o fazia quando era filhote e urinava em tudo o que era móvel de casa. Ele mesmo já não tem mais o pique de antes para brincar. Só come e dorme. Mal me enxerga e pouco interage comigo, mas para sempre terá casa, comida e companhia.

Como não suporto ficar sozinha, logo coloquei a minha avó Carmelina, viúva há 20 anos, para me fazer companhia, e eu a ela. Ela é adorável. Reclama muito da vida, mas é

engraçada naturalmente, até quando tenta ser trágica. Deve ser difícil ser velha nesses tempos... Claro que minha avó acabou surtando. Moro numa casa pequena na pacata cidade de Americana, região de Campinas. Aguentou até bem para a idade dela, mas precisou se mudar de volta para sua casa. Enquanto a coloquei para dentro de casa, colocamos o apartamento onde ela morava, em Caraguatatuba, para alugar. Esses tempos andam tão sombrios que nem esse apartamento à beira-mar conseguiu inquilino. Com saudades da maresia e dos exercícios físicos em plena luz do sol refletida na areia branca, vovó voltou para sua casa, e eu entendi perfeitamente sua decisão.

Quando jovem, eu tinha um rolo antigo com uma colega da escola, a Taís. Começou com uma brincadeira de chamá-la de "Taíspetacular", porque ela sempre foi muito bonita. Entre trabalhos escolares e noites viradas fofocando sobre meninos, umas tentativas de experimentarmos certas "curiosidades" entre quatro paredes. Quando tudo estava ficando sério, nos distanciamos e

voltamos a ser as boas amigas de sempre. Faz tempo que não nos falamos, então escrevi para ela vir para casa. No dia seguinte, lá estava ela. Relembrar histórias antigas, o pessoal da sala, as bandas e roupas da época, o que fizemos ou deixamos de fazer, tudo foi um retorno à adolescência. Claro que não avançamos mais que isso e nem tocamos em assuntos delicados. Depois de umas semanas, disse que precisava voltar para sua casa. Era a vez da avó dela, a dona Lourdes, ter uma crise de pânico, e sua vez de fazer a boa ação a uma idosa.

Ontem esqueci de tomar meus remédios. Tenho ansiedade e depressão, por isso não posso ficar sozinha. Infelizmente, ontem foi o dia que a falta dos remédios começou a fazer efeito, e voltei a perceber o que não queria. Eu havia juntado à minha coleção mais algumas pessoas que fizeram parte da minha vida: meu estimado Renan, meu precioso Ícaro, minha inesquecível avó Carmelina e Taís, meu eterno amor. Amava todos eles e nunca seria capaz de matá-los a sangue frio. É tanta necessidade de tê-los perto que a magia do vudu foi a única

opção que encontrei para mantê-los por aqui. Todos adoeceram rapidamente e sem motivo. Cubro-os com gesso para manter suas feições, e guardo-os em um armário secreto do meu quarto. Lá estão Luana, minha querida irmã, Celso, meu admirável pai, e até Fezes, meu primeiro peixe de estimação. Sou possessiva. Odeio ficar sozinha. E minha casa tem tudo e sou a melhor companhia para as pessoas numa época complicada como essa. Por que só ficam algumas semanas ou meses comigo? Não há motivos. Diante disso, tomo minhas medidas, mesmo que drásticas.

Nomear o boneco com nome de anjo e sacrificar o Pingo foram a parte mais difícil disso tudo.

# PRESENTES VIVOS

Por Rangel Elesbão

**N**inguém saberia dizer, quem era aquele ser maltrapilho, com roupas vermelhas, caminhando sob a nevasca que assolava a vila, naquela noite de Natal. No meio das montanhas e afastada da cidade, a vila estava isolada pela neve.

Carregando um saco nas suas costas, empurrou o portão enferrujado e entrou na rua sem saída cercada de casas, onde famílias felizes se reuniam para celebrar.

O ser escolheu o lar que receberia sua visita, e observou sua fachada, parando à porta. A mão esquelética, com unhas grandes, abriu o enorme saco vermelho que trazia. Retirou de lá uma caixa branca com uma fita vermelha, do tamanho de uma caixa de sapatos. Estava suja de cinzas e carvão.

O presente foi deixado na frente da porta, e o ser se afastou, caminhando com dificuldade, afundando suas botas na neve.

EHS Edições

75

Dentro da casa, Meg viu pela vidraça, um vulto estranho se esgueirando lá fora. Ray sentado diante da lareira com as crianças, levantou e foi ver quem era o visitante.

Pelo vidro, viu apenas a rua vazia nevoenta. Não havia ninguém lá fora.

— Deve ser uma sombra na janela! – ele disse abrindo a porta. Já ia fechar, quando deu um passo para trás, surpreso com sua descoberta.

Havia um presente sobre o carpete. Uma linda caixa esperando ser aberta.

— Um presente para nós, querida! - ele fechou a porta com a caixa nas mãos — Papai Noel chegou com antecedência…

Meg e as crianças, Mike e Jude, estavam curiosas e animadas com o embrulho.

— Essa caixa suja, foi deixada para nós? – falou Meg, com desdém.

— Brincadeira de algum vizinho… - Ray disse, exitante — Vou abrir… - mas ela segurou sua mão — Está com medo? — Não é uma bomba… - dizendo isso, a abriu.

Desapontados, viram dentro da caixa, enfeites natalinos. Bolinhas coloridas, laços de fitas, botas e estranhas miniaturas humanoides;

que pareciam sair das figurinhas de um chiclete Ploc Monsters, medindo entre 10 e 15 centímetros.

— Jogue isso fora! – ela disse com asco — Nem sabemos quem deixou isso aqui!

Jude estava assustada, e Mike insistia em colocar na árvore os enfeites. Depois de muita insistência, Ray aceitou. Afinal, não passavam de itens decorativos cafonas.

Colocaram as miniaturas junto com as bolinhas e luzes pisca-pisca; enquanto Ray lia contos de Dickens para as crianças.

Faltava pouco para meia-noite e a ceia estava servida em uma mesa farta. Ray foi para a cozinha, mas lembrou do pisca-pisca tocando a música monótona, e desligou as luzes. Se ele tivesse olhado para trás, teria visto pontos amarelos e brilhantes, reluzindo como brasas, entre os galhos.

Os sinos badalavam anunciando a meia-noite. Ao som dos cânticos natalinos, todos riam felizes, sentados à mesa; menos Jude. Ela estava com os olhos vidrados na árvore de natal. Pensava que as folhas se mexiam sozinhas.

EHS Edições

— Alguma coisa na árvore! – gemeu.

Ray foi até a sala e não encontrou nada de anormal. Então disse:

— Vamos dormir, para o Papai Noel poder entrar na chaminé.

Quando as crianças finalmente dormiram, ele foi para o banho, pois viajariam na manhã seguinte.

Os galhos do pinheiro e os enfeites, se agitavam furtivamente nesse instante.

A noite de Natal era feliz e repleta de paz.

Mas algo sombrio pairava no ambiente. Um clima sobrenatural penetrava na casa. Uma sensação opressora de desgraça iminente.

Os enfeites abanaram na árvore. Os pequenos monstros rastejaram dela, reanimados por uma força oculta, farejando suas vítimas. Pareciam minúsculos demônios caminhando pela casa.

Ray se barbeava no espelho embaçado. Disse um palavrão ao cortar-se com a navalha afiada.

— Isso cortaria meu pescoço, como uma manteiga! – rosnou, apertando o corte no queixo.

Algo subiu na sua perna lentamente. Um pequeno monstro tentacular próximo a coxa, outro com dentes pontudos em seu calcanhar. Enquanto um de duas cabeças subia no seu ombro.

Sua mente não processava o horror à sua frente. Sentiu uma dor aguda, como várias picadas de vespas e o sangue brotou pela mordida. Deu uma patada no ar tentando se livrar da criatura e resvalou no piso de azulejos molhado, caindo de costas.

No chão, eles o cercaram; como se fossem uma horda de formigas. Um deles cravou os dentes no seu pescoço, causando uma dor excruciante. Tentou gritar, mas outro entrou em sua boca, enfiando-se entre seus dentes.

Se horrorizou quando viu um ser alado pousar em seu peito, trazendo nas garras, a afiada navalha que se barbeava. As miniaturas seguraram sua cabeça, e outros numa força tarefa, seguraram a lâmina e golpearam seu pescoço. O sangue brotou dos sulcos abertos, e as miniaturas infernais banhavam-se no rubro líquido vital, em grunhidos de regozijo.

Meg acordou e saiu do quarto. Encontrou Jude na cama e procurou Mike. Na sala, uma imagem horripilante não sairia da sua cabeça, em seus últimos momentos de vida.

Mike murmurava palavras desconexas em frente à árvore de Natal. Em transe, seus olhos se reviravam nas órbitas e sangue escorria pela boca aberta, numa máscara escarlate.

— Feliz Natal! – ele roncou, entre espasmos convulsivos.

Suas mãos seguravam bolinhas coloridas de vidro, retiradas da árvore. Num sorriso medonho, o menino mastigava o vidro numa fome ávida e animalesca; enquanto expelia uma massa viscosa de sangue e bile fedorenta. No emaranhado de vísceras regurgitadas, havia um monstrinho rastejando.

Meg sentiu uma dor na perna, que a forçou a emitir um grito de dor. Uma miniatura espetava seu calcanhar com um garfo. Levou a mão na ferida e quando foi levantar, foi atingida no rosto por uma gárgula segurando um cutelo.

EHS Edições

O golpe abriu um corte que atravessava seu rosto, deixando seus músculos faciais à vista, e cortando um pedaço do osso de seu maxilar.

Quando caiu e viu que estava cercada, sentiu uma tesourada decepando seu tendão de Aquiles. Ela se arrastava gritando, sobre uma poça de sangue, vinda da porta do banheiro. O pequeno monstro tentacular que empunhava a tesoura, investiu novamente contra ela, atingindo o mesmo tendão.

Os enfeites vivos surgiram empunhando os talheres da ceia, tesoura, a navalha de Ray. Seu corpo foi atingido pelas armas, pelos dentes afiados e garras que rasgavam sua pele.

A criatura vestida de vermelho espiava pela janela, com um olhar de satisfação. Dentro da casa, seus presentes vivos retalhavam o corpo da mulher, num banquete macabro. A cabeça que foi decapitada, era disputada pelos monstrinhos; que a seguravam pelo cabelo num tétrico cabo de guerra. O tapete de sangue adornava a lareira e a árvore de Natal, contrastando com o branco da neve lá fora.

Assim como os falsos desejos de felicidade e realizações no Natal, se dissolvem como a neve, numa manhã ensolarada; a noite mágica se extinguia melancolicamente.

Pela manhã, a pequena Jude acordou e correu para sala. Sua alegria e expectativa pelos presentes que o Papai Noel lhe traria era tanta, que não percebeu que pisava num cenário de horror.

Em frente ao pinheiro colorido, decorado com os enfeites natalinos; e agora respingados com sangue e vísceras, a menina sentou-se comportada, esperando pelo seu presente que não fora deixado sob árvore.

Ao tocar nas miniaturas caídas sobre o tapete para pendurar na árvore, elas se desfizeram-se; se transformando em cinzas e carvão.

# FIM DOS ANOS DE EMOÇÕES

Por Rosa Gonçalves

Era início do ano de 1920, quando os primeiros casos foram anunciados. O impacto e o pavor amedrontaram quase todos os familiares. Digo quase todos, pois o progenitor foi o único a desacreditar. Era um senhor de 47 anos. Para ele, os fatos anunciados não passam apenas de simples especulação. Seguiu a sua rotina e manteve a data da festa da sua turma de graduação, nos tempos da academia, agendada. Seria na fase da lua cheia. Para os moradores mais antigos da região, realizar festas, em noites de lua ceia, significa desavença e mortes.

A casa era casa antiga e ficava após um vale fluvial. Considerada por muitos como o recinto da mulher desencantada. Isso porque, nas redondezas, durante as noites de lua cheia, muitos dos habitantes próximos à residência avistam uma mulher vestida de branco, a

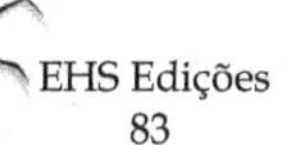

circular pela estrada. As crianças eram proibidas de sair, durante essas noites, pois corriam o risco de serem levadas pela criatura assustadora. Muitos acreditavam ser uma antiga moradora que habitou na residência, antes da atual família.

Assim, os dias se passaram e a data da festa chegou. Na fisionomia de cada um que chegava, a casa resplandecia muito contentamento. Planejaram o início do acontecimento, em uma quinta-feira. Ficaram até altas horas a se divertirem. Todos riam, em altas gargalhadas, quando alguém falava da mulher de branco. Em meio a algazarras, passaram a noite. Tudo estava muito tranquilo e animador. Em instantes, gritos misturaram-se à animação. Uma jovem com um vestido branco surgiu em cima de uma árvore. Foi uma correria. No entanto, era apenas uma brincadeira feita por um dos jovens que participava da festança.

Na sexta-feira, durante o dia, o fato foi motivo de gargalhadas. Cada qual contava a sua versão e o seu estado de medo.

Chovia.

Aos poucos, a escuridão ocupou a claridade. Nem menos a lua cheia conseguia exercer a sua função. Por causa disso, a festa aconteceu no interior da casa. Resolveram brincar de caça ao tesouro. Teriam que vasculhar em cada cômodo e encontrar objetos antigos e assustadores. Assim aconteceu. Neto, o jovem que havia se vestido de mulher na noite anterior, resolveu vasculhar o porão. Desceu as escadas com uma lanterna. Dentro de uma garrafa, encontrou um texto escondido. De repente, a porta se fechou. Ele gritou desesperado. Pensava ser alguém a brincar. O desespero tomou conta do rapaz. Em instantes, a porta se abriu.

As vozes elevadas e os grossos pingos de chuva que caíam sobre o telhado se uniam quase que harmonicamente à música de fundo, algum *flashback* de sucesso.

Quando o jovem gritou alto e falou sobre a porta que fechou e abriu sozinha, todos riram. No entanto, quando falou sobre a garrafa e o texto, o silêncio pairou. Todos consideraram muito interessante o achado.

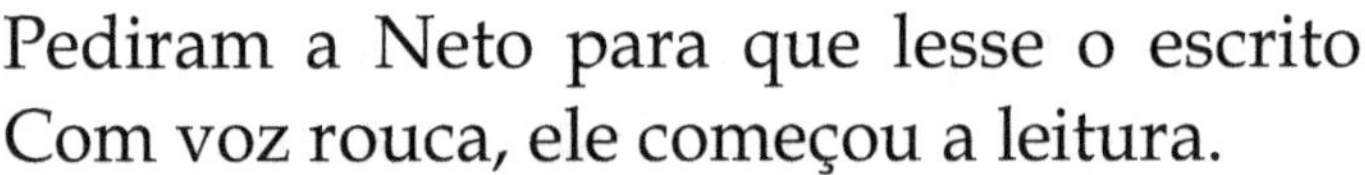

Pediram a Neto para que lesse o escrito. Com voz rouca, ele começou a leitura.

"No ano de 1825, nessa nobre residência, um grupo de amigos da faculdade resolveram juntar-se e comemorar os vários anos de término do curso. No cenário da parte nobre do salão, dois grandes balões dourados, 1 e 5, decoração de 15 anos dos egressos da XXV turma de Letras de uma universidade interiorana, clamavam para si a atenção dos convivas.

Como todo reencontro, a cada interação, gatilhos eram ativados e lembranças, por muito tempo escondidas nos mais obscuros cantos do inconsciente, subiam ao limiar da consciência, embalando todos com sentimentos nostálgicos.

Histórias, tristes e alegres, animadas e melancólicas. A principal, porém, sem dúvida era o meu casamento com Ana. Na ocasião, éramos os anfitriões. Na época do curso, inimigos capitais, e que teve como ponto de partida um dia no cais.

'Ele me chamou, mas eu não quis ouvir. Quando ele saiu correndo, eu corri também e o fiz tropeçar. As alianças caíram no mar e estão

lá até hoje! ', contava, rindo, a minha Ana. "Era o prenúncio de que eu desposaria uma sereia", Vitor (para os amigos próximos Vitinho), que sou eu, respondia.

As lembranças eram realmente fortes. Tão fortes que, tantos anos após o reencontro, ainda todos se lembravam.

Entre encontros e desencontros, mais uma vez aqui estavam, todos nós, de novo reunidos.

Contudo, dessa vez, o momento era outro. Estavam de novo juntos, mas não havia som. Ansiava pelo barulho, mas estavam todos silentes. Bastou, porém, um puxão na calça para que eu preferisse o silêncio às palavras melodiosas da pergunta que sabia que uma hora chegaria:

- Onde está a mamãe, papai?

As lágrimas desciam pelo meu rosto, tal qual a chuva descera naquele dia, enquanto arremessava ao mar as cinzas da minha tão amada Ana.

Essas palavras devem servir como recordação da minha querida esposa. Ela sofria de tuberculose. Em uma das nossas conversas, me pediu para ser velada com um vestido de

noiva caso não conseguíssemos subir ao altar antes da sua despedida. Falou, também, da sua vontade de ser cremada e que as suas cinzas fossem jogadas ao mar. Após a cena da despedida, à beira das águas marítimas, voltei para casa. Viver sem a Ana, seria impossível. Ela seguiu para a vida terrena, em uma noite de lua cheia. Assim, na próxima fase da mesma estação lunar, resolvi escrever este texto, após assassinar meus dois filhos e jogá-los no poço.

Após eliminar os corpos das crianças, empurrei o texto para dentro da garrafa. O meu corpo está no porão, do lado esquerdo do local em que se encontrava a garrafa. Quem a encontrou, nunca mais terá paz e sossego".

Após a leitura do texto, Neto começou a passar mal. Em meio ao desespero, tentaram socorrê-lo. Todavia, o seu último suspiro aconteceu. A casa ficou em total penumbra. Na porta de entrada, apenas avistava-se uma mulher de branco. O choro tomou conta do ambiente.

# O ADOTADO

Por Sterlle Mayune

**J**ack é um jovem rapaz que vive em uma pequena cidade do interior, filho único de um casal de idosos que o adotou quando ele ainda era um bebê, e não conhecendo sua família biológica nem o motivo pelo qual ele os abandonaram, Jack vive dia após dia sofrendo com visões e arrepios.

Pensando sobre como foi adotado, embarcou em uma verdadeira investigação pelo mistério que o cerca. Buscando por informações sobre seus pais biológicos, Jack decidido de sua nova jornada se despede de seus pais.

– Sei que não era isso que vocês queriam, mas preciso de respostas.

Seu pai já idoso e com problemas de saúde gerados pelo trabalho duro ao longo da vida, abaixa a cabeça com tristeza e com voz chorosa diz:

–    Boa sorte! Espero que encontre suas respostas e volte em segurança.

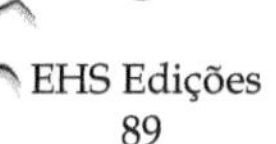

Seguindo viagem, mesmo inseguro, lá vai Jack... Em seus primeiros passos ele tem uma ideia que poderá lhe trazer maior êxito em sua busca. Jack lembra-se de perguntar a um casal de vizinhos idosos que moram na casa ao lado desde que ali ele chegou, se eles sabem algo de seu passado, como ali ele apareceu, ou quem ali o tivera deixado.

Ao bater na porta da casa, o senhor que ali reside o atende:

– Olá!

– Olá, senhor Mendes!

Jack meio tímido e sem saber o que perguntar para obter informações, disse-lhe:

– Sr. Mendes, por acaso o senhor se recorda de como meus pais me adotaram? Sabe se meus pais biológicos os conheciam?

Mendes respondeu:

– Filho, não tenho muito a te dizer, sempre levei minha vida sem me atentar a vida dos outros, mas creio que a Dona Marta da rua 13 poderá te passar algumas informações. – Disse Mendes.

Jack dá continuidade à sua aventura, mesmo que sem entender o que a Dona Marta

da rua 13 pode a ele dizer, poucas vezes ele viu aquela mulher e os rumores nunca foram os melhores.

Já chegando na casa de Dona Marta, Jack sentiu um arrepio, parou, olhou para os lados, "pensando alto" disse:

– Todos falam dessa senhora, mas se ela for minha mãe, não vejo mal nenhum nisso!

Cruzando a rua até a casa de dona Marta, Jack tem um novo arrepio, dessa vez um pouco mais forte causando em seu peito um forte frio. Jack chega até a casa, bate na porta de dona Marta e logo em instantes é atendido.

– Olá, Dona Marta! Sou o Jack, filho de seu Aldir que mora na rua ao lado.

– Sei quem você é garoto, mas o que o trazes até aqui? – Perguntou Marta com cara de assustada.

– Como disse antes, sou Jack, é que estou buscando por informações sobre como meus pais me adotaram e meu vizinho informou-me que a senhora poderia me contar algo referente a isso.

– Menino, vou ser bem clara, esqueça essa história, volte para casa e nunca comente que esteve aqui.

Logo após essa conversa Marta fechou a porta, deixando Jack ainda mais intrigado com seu passado. Jack andou mais algumas ruas buscando por informações, caminhou durante dias, investigou durante semanas o que pudera ter acontecido, de repente, um certo dia, em frente a uma loja de televisores, Jack vê uma notícia sobre seu vizinho Mendes, na notícia dizia que Mendes havia morrido esfaqueado e que haviam lhe arrancado os olhos e a língua, e que nas paredes da casa haviam escrito com seu próprio sangue "Quem vê e se cala, boa vida passará! Esqueçam o passado. ", logo Jack percebeu que aquela morte poderia ter ligação com a conversa que tiveram, nesse mesmo momento ele tem outro arrepio, dessa vez seguido de uma visão.

Seguiu mais algumas ruas e percebeu que a visão que ocorreu minutos antes lhe apresentava aquele mesmo lugar, as pessoas eram as mesmas e por isso não havia muito o que esperar, na visão Jack havia visto um mago

que lhe arrastava para um galpão ali ao lado. Visualizando o galpão, Jack perguntou ao primeiro que passava a sua frente:

– O que tem naquele galpão? Vive alguém ali?

– Moço, ali vive muita gente, vários moradores de rua moram naquele galpão, mas não lhe aconselho que entre lá. – Disse o rapaz que passava na rua.

Ainda mais intrigado e acreditando estar perto da verdade, Jack entra no galpão e logo é arrastado pelo braço, assim como ocorrera na visão e pelo mesmo homem. Agora entre um olhar e outro o homem logo lhe diz:

– O que fazes aqui?

– Estou procurando a verdade sobre quem sou. Quero saber quem são meus pais.

– Eu sabia que esse momento chegaria, só não achei que fosse tão cedo assim.

– Então sabe quem são meus pais?

– Sei, mas eles não estão mais entre nós.

Nesse momento Jack abaixa a cabeça, mas não desiste de procurar saber como tinha chegado até seus pais adotivos. Olhando para o homem que havia lhe puxado para aquele canto do galpão, lhe pergunta:

EHS Edições

93

– Você pode me contar um pouco mais? Primeiro quero saber de onde você conhece meus pais.

– Sou o filho mais velho deles, teu irmão!

– O quê?

– Sim, sou teu irmão! Descendemos de uma família de bruxos que foram mortos pelos homens que te criaram, na noite em que mataram nossos pais eu consegui fugir e você foi capturado, como você ainda era bebê decidiram te criar em uma cultura diferente, Seu vizinho o Sr. Mendes também era bruxo como nós e sempre viveu disfarçado ao seu lado para melhor te proteger. A Dona Marta da rua 13 é nossa tia terceira que abandonou a bruxaria e também se instalou bem perto de você, e todas as visões que você tinha, era eu querendo te trazer para perto de nós, que nunca o abandonamos.

Jack ficou sem chão, não sabia o que dizer, pois o casal que o criou foi o mesmo que o tornou órfão, e ainda buscando compreender tudo o que passava seus poderes floresceram, visões da morte de seus pais em instantes

EHS Edições

94

apareceram e Jack olhando para seu irmão disse:

– O Sr. Aldir, a Dona Ana e todos os humanos me conhecerão.

Os próximos dias foram de caos, Jack e seu irmão devastaram toda a cidade transformando tudo em pântano, todos os dias agora eram noites e os bruxos em refúgio reapareceram.

# CONSELHO DEMONÍACO

Por Tauã Lima Verdan Rangel

Augusto acorda sobressaltado no meio daquela noite chuvosa. Trovões intensos se espalham em meio à chuva caudalosa despejada. Uma sensação estranha toma o corpo do jovem de pouco mais de vinte e cinco anos. Mesmo com a chuva, o tempo continua abafado como uma típica noite de verão. Gotas de suor escorrem pelo peito desnudo de Augusto, cujos olhos vidrados parecem perseguir algo que se move em silêncio nas sombras. Uma antiga, porém, nada estranha, companhia vai tomando forma em meio ao negrume do quarto.

Um relâmpago, de relance, ilumina o interior do quarto. Sim, lá está aquela velha e tétrica figura diabólica, com seus olhos vermelhos, sorriso malicioso e cheiro pútrido, no canto do quarto, postada como um pedaço velho de madeira.

— Olá, velho amigo. Como está? indaga a voz tétrica.

— Bem, apenas com um pouco de calor.

— Sim, o verão é insuportável.

— Estou suando como um porco. Uma cascata escorre por meu rosto. Do lado de fora, parece que o céu vai cair de tanta chuva.

— Mais uma noite sem sono?

— Como está muito abafado, não consigo dormir direito.

— Já tomou a decisão?

— Qual decisão?

—Augusto, não se faça de desentendido. Temos conversado bastante sobre a decisão que você precisa tomar. Acredito que hoje seria um ótimo dia.

— Tenho muito o que pensar.

— Será que, de fato, você precisa pensar?

— Acha que não?

— Bem, o meu conselho é muito simples: faça!

— Mas não é certo!

— Não há nenhum problema.

— Claro que há.

— Vá por mim, não precisa temer mal algum.

— Então, acho que tenho a coragem necessária. A faca já está bem afiada.

Cessando o diálogo, de maneira abrupta, o jovem, com os olhos alucinados, com a faca em punho, caminhou em direção ao quarto de sua pobre mãe, que dormia inadvertidamente. Assim, ao seguir um conselho demoníaco, ele se alimentou do coração ainda pulsante da mulher.

# DADOS BIOGRÁFICOS

## CRISTIANO MARQUES ROSA

Tendo como primeira formação historiador (UNIGRANRIO), jamais pude me afastar das letras desde que tive contato com os primeiros títulos graças a minha professora no ensino médio. Hoje ainda, busco me aperfeiçoar e escrever todo o tipo de história diferente que posso contar.

## ELAINE SANTOS CORRÊA

Sou contadora de histórias, escritora, poetisa e professora. Participo de oito coletâneas com poesias e contos, também tenho publicado um livro infantil solo e atualmente me dedico a dois novos projetos para publicar outro livro infantil e um solo de poesias.

## ELISIO VIEIRA DE FARIA

É professor aposentado, apreciador da literatura em geral. É autor de narrativas, poesias e tem dois livros escritos, além de compor diversas antologias. As mais recentes integram as obras: Cidade Poética, No cárcere com o Corona e Doce Infância, da EHS.

EHS Edições

## GENIVAL SILVA DE SOUZA

É acadêmico da Academia Ibatibense de Letras e Artes (AILA). Foi empossado em julho de 2017, da qual também foi um dos alicerces de sua criação. É trovador filiado à União Brasileira de Trovadores (UBT)

## GISELE WOMMER

É professora e escritora. É autora de *Ao Cair da Neblina* e tem contos publicados em mais de 40 antologias, a maioria com temática dark. Gaúcha de Cachoeira do Sul escreve por pura paixão.

## HÉLIO SENA

É cearense, professor, contista e poeta. Publicou os livros Falsidade Da Noite (2012), Nós & a Rosa (2016) e Poesia Da Cor Da Vida (2020), além de diversas participações em coletâneas.
Contato: heliosena@rocketmail.com.

## JAMES GALLAGHER JUNIOR

Escritor, compositor e desenvolvedor de jogos. Na literatura, se dedica a escrever romance, suspense, terror e ficção científica. É organizador de antologias e contista em várias editoras. Atualmente reside na cidade do Recife, e é membro vitalício da Academia Independente de Letras de Pernambuco.

## LUÍS R. KRENKE

É redator publicitário e escritor iniciante de ficção, mergulhado no mundo da fantasia e do terror desde criança. Participante de antologias e desbravador de páginas de livros, HQs e mangás, também é fã de cinema, gatos, pizzas e canecas cheias de café.

## MAX BRENDEO

É Graduando em Ciências Biológicas pela UESB Campus Jequié. É amante das novelas asiáticas, Kpopper, Katycat e Sonserina. Ama distopias e se pudesse mandava muita gente para os Jogos Vorazes.

## NANCY SCARLETT-HAYALLA

É natural de Guarujá, São Paulo. Desde criança sempre sonhou em ser escritora e só agora que conseguiu realizar este sonho. Teve seus primeiros contos publicados nas antologias Tardes Quentes de Um Inverno a Dois, Atmosfera Fantasma, Odisseia dos Dragões e entre outros... é uma contadora de histórias!

## PEDRO PANHOCA DA SILVA

É doutorando inscrito no Programa de Pós-Graduação em Letras da Universidade Presbiteriana Mackenzie (UPM). É autor do livro *Traumas e Tabus* e colaborador das revistas Legendary Art Magazine e Alarums & Excursions.

EHS Edições

## RANGEL ELESBÃO

Gaúcho de Cachoeira do Sul (RS). Suas influências são Stephen King, Clive Barker, Hitchcock e Tarantino. Fã dos filmes de Dario Argento e Lucio Fulci, também adora os livros de Agatha Christie e Edgar Allan Poe. Em 2016, começou a publicar os seus contos macabros.

## ROSA GONÇALVES

É paulista. Professora de Língua Portuguesa e Literatura no IFRO, Campus Vilhena. Ao ler e escrever perpassa mundos por meio de palavras. Os filhos, Daniel e Aílton, são suas maiores paixões.

## STERLLE MAYUNE

É poeta e escritor. É professor da Educação Básica e do Ensino Superior, Licenciado em Pedagogia (FACE), Esp. em Ensino de Química e Biologia (UNIVASF), e Esp. em Tecnologias e EaD (UNIESBA). É também pesquisador, professor de capoeira e Diretor Financeiro da ASCARB.

## TAUÃ LIMA VERDAN

Mestre e Doutor em Ciências Jurídicas e Sociais pela UFF. Autor de: "Fome: Segurança Alimentar & Nutricional em pauta"; "Segurança Alimentar & Nutricional na região sudeste"; "Versos, Inversos & Outros Escritos"; "Indrisos em Versos"; "Efemeridade em Versos"; "Aldravias e Versos"; "Decanatos em Versos".

# AGRADECIMENTOS

Agradecemos a todos os participantes dessa
obra. Uma obra desafiadora, que foi concluída
com sucesso.
Mesmo nesse tempo de distanciamento social,
sintam-se abraçados por nós.

EHS Edições.

Formato 14x21cm
Capa Cartão 250g
Miolo Couchê 115g

www.ingramcontent.com/pod-product-compliance
Lightning Source LLC
LaVergne TN
LVHW010238200726
843506LV00014B/3029